독수리사냥

독수리사냥

2013년 5월 30일 초판 1쇄 펴냄

펴낸곳 (주)도서출판 **삼인**

지은이 이장환
펴낸이 신길순
부사장 홍승권
편집 김종진 김하얀
미술제작 강미혜
마케팅 한광영
총무 정상희

등록 1996.9.16 제10-1338호
주소 120-828 서울시 서대문구 연희동 220-55 북산빌딩 1층
          (서울시 서대문구 성산로 312)
전화 (02) 322-1845
팩스 (02) 322-1846
전자우편 saminbooks@naver.com

표지·본문 디자인 (주)끄레 어소시에이츠

제판 문형사
인쇄 영프린팅
제책 쌍용제책

ISBN 978-89-6436-064-4 03810

값 25,000원

독수리사냥

이장환 찍고 씀

삼인

차례

사냥꾼 이야기

변화의 흐름

프롤로그

몽골의 독수리사냥 이야기를 처음 접했을 때 앞뒤 돌아보지 않고
몽골에 가기로 마음먹었다. 독수리와 늑대를 광활한 자연 속에서
직접 볼 수 있다는 기대 하나로! 그리고 2005년 여름, 가벼운
흥분과 기대와 설렘에 모든 것을 맡긴 채 무모한 첫 여행을 떠났다.
그 어디보다도 황량하고 가혹한 땅, 같은 몽골 안에서 가기에도
길이 가장 험난한 오지, 몽골의 서쪽 끝 바양울기(Bayan-Ulgii)
아이막*에서 이야기는 시작한다.

이곳의 주민은 몽골의 소수민족 카자흐 족이다. 카자흐스탄에서
이주해 온 지 100년이 다 된 지금도 몽골어가 아닌 카자흐어를
쓰고 카자흐스탄의 문화와 풍습을 고스란히 지키며 산다. 시청
광장에는 카자흐스탄 국기가 몽골 국기보다 더 크게 더 높이 달려
있다.

이곳 카자흐 족 사람들은 초원이 혹독한 추위로 얼어붙기 전에
겨울나기를 준비하기 위해 독수리사냥을 떠난다. 야생의 독수리를
이용해서 늑대를 잡는 독수리사냥은 그들이 알타이 산맥의 거친
초원에서 생존하기 위해 오랫동안 영위해 온 생활방식이다. 시절의
변화는 이 깊고 깊은 오지 바양울기에도 느릿하게 영향을 미치고
있다. 계절에 따라 사는 곳을 옮기던 유목생활 대신에 한곳에

* 아이막(aimag/aymag): 몽골의 행정단위 이름으로, 주(州) 또는 도(道)에 해당한다. 모두
21개의 아이막(주) 중에서 서쪽 끝에 있는 바양울기 아이막은 행정 중심 도시 울기(Ulgii)
시와 13개 솜(som)으로 이루어져 있다.

정착하는 가구가 늘고 있고, 지난 시절 생계를 위해 해 오던
독수리사냥이 이제는 이곳 사람들의 정체성과 자긍심을 상징하는
전통 축제의 형식으로 이어지고 있다. 해마다 겨울로 접어들 때면
바양울기 지역의 독수리사냥꾼들은 정성스레 채비를 하고 울기 시
부근 벌판에 모여 독수리사냥 축제를 벌인다. 퍼레이드, 사냥 대회,
말 달리기 시합, 전통 공연 등이 여러 날에 걸쳐 이어지는 축제는
독수리사냥에서 최고의 성과를 거둔 사냥꾼에게 명예로운 훈장을
수여하는 것으로 끝난다. 최근에는 독수리사냥꾼의 수효가 부쩍
줄고, 여행사의 상술로 축제가 두 곳으로 나뉘는 바람에 축제의
규모나 열기가 예전 같지는 않다. 그래도 바양울기 여러 마을의
자긍심인 독수리사냥은 여전히 세계 관광객의 발길을 이 머나먼
오지로 끌어모으고 있다.

난생처음 보는 독수리사냥, 눈앞에서 펼쳐지는 모든 광경이 그저
놀랍기만 해 온몸의 세포 하나하나가 전율을 느끼는 듯했다.
즐거운 긴장감과 흥분에 달떠, 그 모든 것을 사진에 담으려고
했다. 독수리가 사냥꾼의 손을 떠나 하늘을 가르며 날아올랐다가
순식간에 땅으로 급강하하여 늑대를 잡는 순간순간들. 그리고
사냥꾼의 소소한 일상과 주변의 황막한 풍경까지. 이때가 아니면
볼 수 없을 장면들을 놓치지 않으려고 끈기 있게 기다리고
바지런히 움직였다. 바위와 바람과 가시덤불뿐인 거친 자연을
상대하는 사냥꾼의 삶과 독수리의 늑대 사냥을 사진으로
포착하는 일은 경험이 부족한 이방인으로서는 쉽지 않은 일이었다.
그러나 그렇게 해서 얻은 많은 이야기는 매번 또다시 이곳을 찾게
하는 동기가 되었다. 첫 여행 뒤로 세 차례나 더 그곳을 찾았으니
말이다.

2005년에서 2010년까지 모두 네 차례에 걸쳐 바양울기의
독수리사냥 축제에 다녀왔다. 이곳은 올 때마다 새로운 경험을

안겨 주었다. 어떤 것은 내가 의도한 것이기도 하지만 예기치 않은
뜻밖의 일이 여기저기 지뢰처럼 숨어 있곤 했다. 비행기로 세 시간
만에 날아왔던 이곳을 자동차로 쉬지 않고 달려서 꼬박 사흘 만에
도착하기도 했다. 따뜻한 차와 함께 양고기찜 허르헉(horhog)으로
배를 불린 지 불과 몇 시간 뒤에 구덩이에 빠진 자동차 옆에서
제대로 데우지도 못한 미지근한 커피로 추위를 쫓은 적이 있는가
하면, 눈 내리던 구월의 어느 날 히터도 켜지지 않는 얼어붙은
자동차에서 밤을 보내면서 전날 밤 따뜻한 게르 안에서 자던
일을 꿈같이 여긴 적도 있다. 또 어느 해에 만났던 인상 깊은
독수리사냥꾼이 다음해에 다시 찾았을 때에는 세상을 뜨고
없었다.

몇 해 동안 독수리사냥을 촬영하고 다닌 일만큼이나 자료를
정리하는 일도 꽤 힘이 드는 일이었다. 그동안 찍은 사진들이
내 머릿속 기억보다 더 많았다. 산더미 같은 사진을 추리려니
어느 사진이 어디에 필요한지 가늠하기 힘들고, 때로는 무엇이든
다 필요해 보이고 때론 무엇이든 별것 아닌 것 같기도 했다.
이야기에 따라 사진을 추리고, 사냥꾼 별로, 마을 별로 나누고
정리해서 그럭저럭 매듭을 지었다. 사진의 부족함은, 사진에 담긴
독수리사냥꾼들의 치열한 삶과 자연의 압도적인 힘이 대신 채워
주지 않을까 하는 일말의 희망으로 책을 묶었다. 개인적인 여행의
작은 결과물일 뿐이지만 이 기록이 지구상에 얼마 남지 않은,
살아 있는 독수리사냥 이야기를 담은 정직한 자료이자 보고서로
받아들여지면 좋겠다.

내가 다녀온 그 길을 따라 여행을 떠날 분들을 향해 마음을 다해
격려와 응원을 보낸다.

여정의 시작

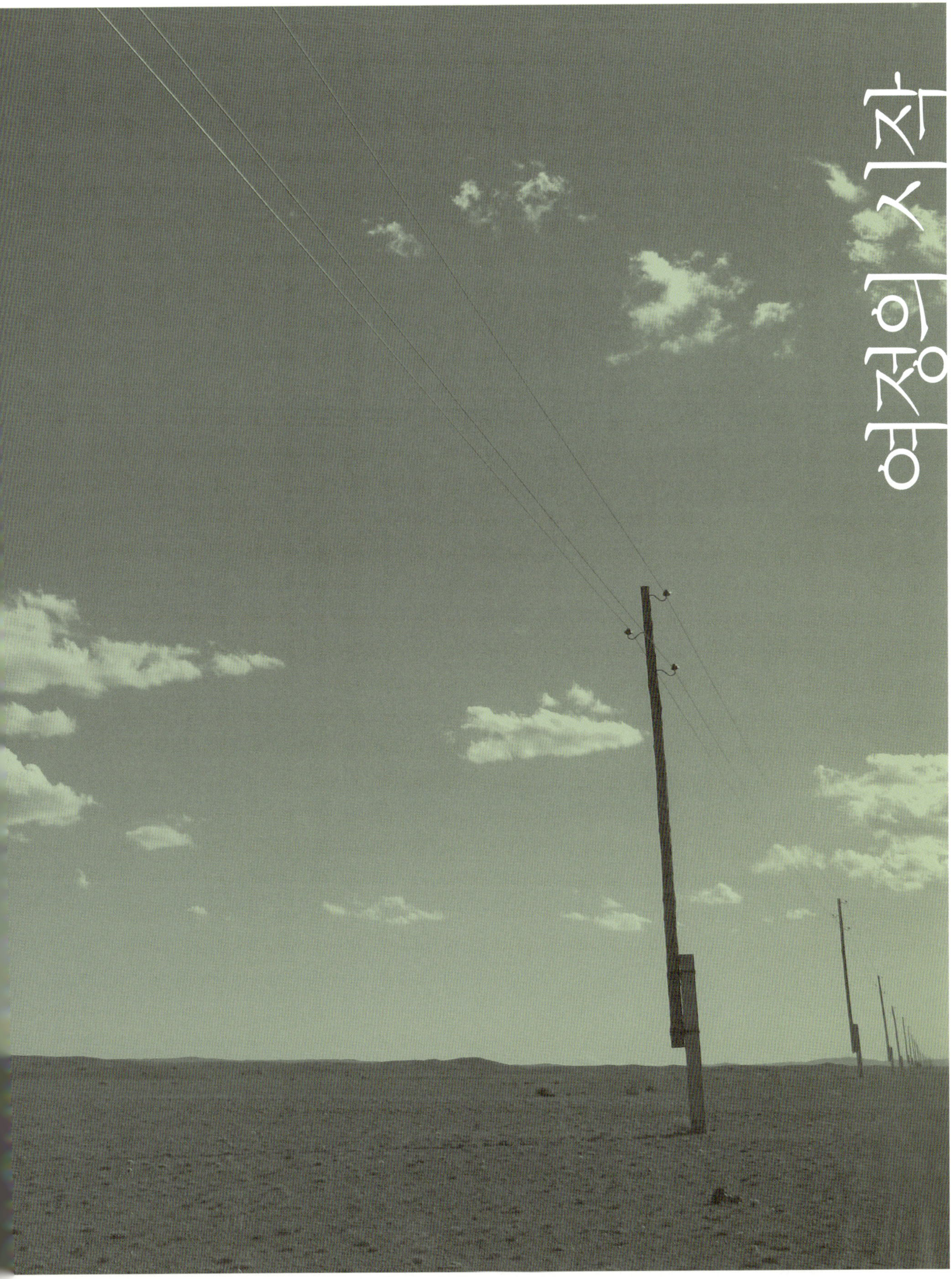

바양울기로 가는 길

바양울기에 가까워질수록 주변 풍경은 울창한 숲에서 멀어지고
바위투성이 산과 구릉으로 바뀌어 간다. 이윽고 헐벗은 바위산
사이로 초원이 드넓게 펼쳐진다. 지금까지 본 적 없는 황량하고
메마른 풍경, 바람이 꽤 매섭다. 지평선에서 서로 맞닿은 하늘만큼
아득히 넓은 초원. 그 광활한 초원 위로 길이 수없이 다른
갈래의 길들과 함께 끝도 없이 이어진다. 구불구불한 길이 엉킨
실타래처럼 복잡하다.

길가에서 심심찮게 오보(ovoo)*를 만난다. 돌무더기 위에 천
조각과 뼛조각, 무언가 적힌 크고 작은 돌멩이를 쌓아올린 오보에
돌을 하나 얹고, 그 주변을 시계 방향으로 세 바퀴 돈다. 안전을
비는 행위다.

* 오보(ovoo): 돌이나 흙, 나무를 쌓고 버드나무 가지를 꽂은 형태로, 몽골 어느 지역에서나
쉽게 볼 수 있는 민간신앙(샤머니즘) 상징물이다. 몽골 사람들은 오보 앞에서 재난 방지와
가축의 번성을 위해 기도한다. 길가에 있는 오보에서는 보통 여행이나 운전 중의 안전을
기원한다. 우리나라의 서낭당과 비슷하다.

주변에서 낙타 무리가 한가로이 풀을 뜯는다. 녹색 식물들을 위한 계절이 끝난 숲과 초원은 푸르름과 생기를 잃고 있다. 날씨는 이미 한겨울이나 다름없다. 벌써 며칠째 밤마다 눈이 내리는 중이다. 밤새 차가워진 냉랭한 공기는 한낮에도 좀처럼 따뜻해지지 않는다.

마침내 울기 시에 다다랐다. 바양울기의 행정 중심 도시인 울기는
차디찬 공기에 싸여 꽁꽁 얼어 있다. 추위가 시간도 멈추게 한 듯,
창백한 공기가 도시의 변화와 생기를 집어삼키고 있다.

독수리사냥

사냥 이야기

사냥꾼은 겨울을 나는 곰의 털만큼 두터운 겨울 외투를 입고
겹겹이 내피를 두른 털 부츠를 신는다. 여우 털과 빨간 비단으로
멋을 낸 모자를 쓰고, 독수리를 옆에 두고 나무둥치에 걸터앉아
담배를 피운다. 독수리는 눈가리개를 한 채로 고개를 두리번거리며
소리를 낸다. 가늘게 퍼지는 입김마저 얼어 버릴 만큼 날이 춥다.
사냥꾼은 그런 추위쯤은 일도 아니라는 기세로 밖으로 나간다.
사냥을 위해서는 더없이 좋은 날씨다. 이런 날은 한순간도 아껴
사냥을 위해 사용해야 함을 사냥꾼은 알고 있다. 독수리사냥은
눈이 많이 올수록 좋다. 산과 들이 흰 눈으로 온통 뒤덮이면
사냥을 위한 완벽한 무대가 준비된 셈이다. 독수리가 사냥감을
인식하고 쫓기에 좋기 때문이다. 가을로 들어서면서부터 종종 마을
밖으로 나가 사냥 훈련을 해 오던 터였다.

독수리사냥꾼은 어려서부터 사냥꾼이 되는 교육을 받는다. 달리 교육의 장이나 시간이 있는 것이 아니라, 가족 안에서 자연스럽게 습관처럼 몸으로 익혀 나간다. 그러는 사이에 독수리사냥의 기본을 터득하고 그 매력에 집중하게 된다. 이 사냥꾼도 할아버지와 아버지에게 독수리사냥을 배웠다. 그의 할아버지 또한 할아버지의 아버지와 할아버지에게 배웠고, 그렇게 대물림되어 왔다.
독수리사냥은 가업이다. 오랫동안 탄탄한 결속력으로 전승되어 온 가업이다. 아이들은 할아버지와 아버지 같은 멋진 사냥꾼이 되기를 꿈꾸면서 자란다. 기숙사 학교에서 돌아오는 주말마다 독수리를 끼고 놓아주지 않는다. 제법 능숙하고 세련된 솜씨로 독수리를 부린다.

커다란 소리로 독수리에게 신호를 보낸다. 바삐 움직이던 독수리의 눈은 마침내 한 목표물에 고정되더니 날개를 푸르르 털며 날아오를 준비를 한다. 품고 있던 날개를 펼치며 절벽 위 벼랑 끝을 박차고 날아오른다. 크고 튼튼한 날개를 힘차게 펄럭이며 빠르게 목표물 위로 접근한다. 바람의 흐름을 타면서 날갯짓은 줄어든다. 때로는 빠르게 때로는 천천히 움직이며 사냥하기 좋은 타이밍을 찾는다.

갑자기 독수리가 맹렬하게 대지를 향해 돌진해 간다. 사냥감에게 부딪칠 듯 가까워지자 날개를 펼치며 순식간에 속도를 줄이는가 싶더니, 곧바로 날카로운 발톱을 크게 벌려 사냥감을 움켜쥔다. 갈고리처럼 길고 날카로운 독수리 발톱에 걸린 늑대는 쓰러진 채 달아나려고 몸부림을 친다. 독수리는 이어서 송곳 같은 부리로 공격한다. 이윽고 늑대의 몸부림이 약해진다. 독수리는 날카로운 노란색 부리로 계속해서 늑대의 눈과 코, 혀를 공격한다. 치명타를 안길 급소를 본능으로 알고 정확히 공격한다.

늑대가 헐떡이며 거친 숨을 몰아쉰다. 치명적인 상처로 힘이 빠져 격렬하던 몸부림이 희미해지는 숨소리만큼 빠르게 잦아든다. 피 묻은 거품이 입을 타고 흐른다. 사냥꾼이 황급히 달려가더니 허리춤에 두른 작은 가죽 가방에서 핏기가 가시지 않은 고깃덩어리를 꺼내 독수리에게 물려 준다. 그러지 않으면 어렵사리 사냥한 늑대가 독수리 발톱과 부리에 의해 누더기가 되고 만다.

늑대처럼 사납고 공격적인 큰 야생동물을 사냥할 때엔 다치는 일도 드물게 일어난다. 사냥하는 과정에서 일어나는 부상은 대개가 사냥꾼의 탓이기가 쉽다. 사냥꾼의 부주의로 사냥감에게 공격을 당하거나 독수리를 제압하지 못해 다치는 경우도 더러 있다.

사냥꾼은 한번 사냥을 나오면 여간해선 바로 집으로 돌아가지
않는다. 사냥을 나간 첫날에 목표한 만큼의 동물을 포획하기도
하지만 사흘이 걸릴 수도, 일주일이 걸릴 수도 있다. 때로는 이삼
주일씩 눈 덮인 산과 들에서 지내면서 사냥하게 될 때도 있다. 그럴
때면 그때그때 토끼나 여우 같은 동물을 잡아 식사를 해결한다.

사냥에서는 성공보다 실패가 더 많다. 실패를 하더라도 한 번의
성공을 위해 다시 사냥감을 찾아 나서는 생활을 반복한다.
사냥꾼은 늑대와 대치한 상황에서도, 생명의 기척조차 없는 황량한
대지에 홀로 서 있어도 아무런 불안과 공포를 느끼지 않는다.
독수리가 함께 있기 때문이다. 그들 사이의 믿음은 사람과 사람
사이의 믿음을 뛰어넘는다.

길들이다

사방이 막힌 낡고 어두운 창고 안, 벽 틈으로 겨우 비쳐 들어오는
몇 줄기 햇살뿐이다. 사방 벽마다 야생에서 자유롭게 날다가 그
좁은 공간에 갇힌 독수리가 몸부림친 흔적이 고스란히 남아 있다.
이따금 모래 바람이 창고 안을 뒤흔들면 퀴퀴한 공기 가득 깃털이
떠다닌다. 낯설고 어두운 공간에 묶인 독수리는 온몸으로 불안과
경계심을 드러내고 있다. 희미한 빛줄기에 독수리의 눈동자가
무섭게 빛난다. 가슴이 철렁해진다. 작은 기척에도 신경질적으로
반응하며 온 신경이 날카롭게 곤두서 있다. 한동안 먹이를 주지
않은 탓이다. 지독한 감량 중이다.

막 시작된 독수리 길들이기에 벌써부터 진저리가 난다.
독수리가 사냥꾼에게 포획된 순간, 그들 둘의 사냥은 이미
시작된 것이다. 둘이 함께 극복해야 할 험한 여정은 독수리사냥을
그만두기 전까지는 끝이 없다. 사냥꾼과 독수리 둘만의 여정이며,
시간과의 싸움이다. 천천히, 느긋하지만 꼼꼼하고 주도면밀하게
준비하며 사냥을 위한 순간을 기다린다.

독수리는 조금씩 야위어 가고 있다. 야생의 기운도 조금씩
약해지고 있다. 기운이 떨어져도 먹이를 주지 않는다. 오히려 쉬지
못하게 흔들며 자극한다. 기력이 빠지게 하는 중이다. 사냥꾼은
창고 안을 작은 문틈 사이로 들여다보면서 독수리의 상태를
자세히 살핀다. 기력이 다 빠져 공격도, 날아가는 것도, 아무것도
할 수 없을 때가 되면, 그때부터 본격적인 길들이기가 시작된다.
기운을 완전히 뺏겨 무기력해진 독수리에게 핏기 뺀 고깃덩어리를
조금씩, 아주 조금씩 먹이는 것으로 길들이기가 시작된다.

마당 한쪽에서 피 냄새가 피어오르고 있다. 찌그러진 물통 절반쯤
붉은 고깃덩어리를 넣고 물을 가득 채운다. 맑은 물이 핏빛으로
바뀌면 핏빛으로 붉던 고깃덩어리는 핏물이 빠져 창백해진다.
핏기가 완전히 빠진 고깃덩이를 지쳐 보이는 독수리에게 던져 준다.
소리 낼 기운도 없는 독수리는 땅에 던져진 살덩이를 얌전히 뜯어
먹는다. 사냥꾼에게서 잔인함과 비정함을 느낀다.

독수리의 몸 상태, 사냥 능력에 따라 더러 '몹쓸 비방'을 쓰기도
한다. '가짜 먹이'와 '토하기'다. 소화시킬 수 없는 '가짜 먹이'를
먹여 가상의 포만감을 느끼게 함으로써 더 이상 먹이를 먹지 않게
하는 방법이다. 그러고는 억지로 물을 먹여 포만감과 함께 먹었던
먹이를 토하게 하거나 설사를 유도한다. 몇몇 사냥꾼은 이 끔찍한
방법을 특급 노하우처럼 쓰고 있다. 그런 이야기를 들려주면서도
사냥꾼은 자신이 얼마나 끔찍한 짓을 하고 있는지도 모르는 양
태연하다. 그런데 이 경악스러운 길들이기 방법은 효과가 놀랍다.
거칠고 강하던 독수리가 거짓말처럼 온순해졌다.

봄과 여름에는 먹고 자고 쉬는 일뿐이다. 숲이 활기를 띠는 여름은
독수리사냥꾼에겐 가장 한가로운 계절이다. 사냥꾼이 바쁜
계절은 겨울이 시작될 무렵이다. 무더운 밤이 이어지는 여름 내내
독수리를 잘 먹이고 충분히 쉬게 하여 체력과 몸집을 키우는
것밖에 달리 할 일이 없다. 독수리도, 사냥꾼도 몸과 마음이 가장
편한 때다. 이 또한 완벽한 준비를 위한 시간들이다.
그동안 잘 먹인 독수리는 한껏 살이 올라 있다. 덩치도 커졌고
깃털에 윤기가 흐른다. 이때가 크기도 무게도 한해 중 가장 많이
나가는 때다.

여름에서 가을로 넘어가면서부터 상황이 바뀐다. 가을이 시작되면
그동안 충분히 체력과 몸집을 키운 독수리를 굶기기 시작한다.
가벼운 몸집과 날카로운 야생의 본능을 유지시키기 위함이다.
그래야 독수리가 사냥을 제대로 할 수 있다. 이때부터 사냥꾼은
긴장을 풀지 않는다. 무섭게 돌변한 태도로 먹이 양부터 운동량,
세세한 몸 상태까지 지독하다 싶을 만큼 세심하게 조절하고
점검한다. 사냥의 계절이 가까워졌기 때문이다.

독수리는 몸집이 커진 데에서 오는 자신감인지 겁을 먹는 일도
없이 매서운 눈빛으로 주변을 응시한다. 지난 겨울 이후로
전혀 사냥을 하지 못했기 때문에 연습이 필요한 시점이다.
사냥 감각이 둔해지지나 않았을까 싶어 사냥꾼은 걱정이 크다.
그러나 독수리는 본능적으로 여전히 예민하고 날카롭다. 매 순간
깨어 있으면서 주변의 소리와 동작을 감지하고 그에 반응한다.
발소리, 숨소리, 물건 달그락거리는 소리, 사람의 작은 몸짓도
놓치는 법이 없다.

이른 아침 사냥꾼은 독수리를 챙겨 아들과 함께 마을 맞은편
산으로 간다. 사냥꾼의 손에는 전날 잡아 둔 토끼 고기가 들려
있다. 허리엔 여분의 고깃덩어리를 담은 가죽 주머니와 함께
토끼 털가죽으로 만든 훈련용 모형을 긴 줄에 엮어서 차고 있다.
실제 사냥에서처럼, 먼저 자리를 잡고 서서 높은 언덕 위에 있는
독수리에게 신호를 보낸다. 훈련 초기라서 사냥꾼은 신호 소리를
외침과 동시에 손에 든 고깃덩이를 흔들어 위치를 인식시킨다.
독수리는 곧바로 가볍게 날아올랐다가 빠르게 고기를 낚아채고는
사냥꾼의 품에 안긴다.

말을 타고 언덕을 따라 내려온 아들에게 다시 독수리를 건넨다.
아들과 독수리가 언덕 꼭대기로 오르는 동안 사냥꾼은 다시
알맞은 자리를 잡는다. 이번엔 허리춤에 묶어 두었던 줄을 길게
풀어 토끼 모형을 멀찌감치 내려놓는다. 토끼 털가죽으로 만든
모형이 멀리서 보면 제법 토끼나 여우 같아 보인다. 살아 움직이는
것처럼 보이게 하려고 사냥꾼은 줄을 당겼다 흔들었다 한다.
그러고는 다시 독수리를 향해 강한 외침으로 신호를 보낸다.

독수리는 눈을 빠르게 움직이더니 곧 세찬 날갯짓과 함께
날아오른다. 높은 곳에서 잠시 땅 위의 토끼 털가죽을 주시하다가
어느새 날개를 접고 날랜 동작으로 미끄러지듯 내려와 보기 좋게
털가죽 뭉치를 낚아채 보인다. 사냥꾼은 독수리에게 달려가 가죽
주머니에서 꺼낸 고깃덩이 한 조각을 독수리 입에 물린다.

가을부터 꾸준히 연습해 온 보람이 있다. 이런 상태라면 축제도
겨울사냥도 좋은 결과를 얻을 수 있으리라.

독수리에게 이름은 없다. 인생의 동반자나 다름없는 존재이건만 이름의 의미를 부여하지 않는다는 점이 놀랍다. 독수리사냥꾼은 다만 독수리의 나이와 암수, 상태를 구별할 뿐이다. 어느 사냥꾼도 독수리에게 이름을 지어 주었다는 이야기를 들어 본 적이 없다. 독수리는 언제나 몇 살, 몇 년 된, 누구의 독수리일 뿐이다.

퍼레이드

저마다 자신이 사냥한 동물 가죽과 털로 만든 옷으로 한껏 멋을
내어 성장한 독수리사냥꾼들이 말을 탄 채로 독수리를 들고
줄지어 서 있다. 독수리사냥 축제의 서막인 퍼레이드가 시작되기
전, 모여 있는 사냥꾼들이 서로 안부를 묻고 수다 떨기 바쁘다.

사냥꾼은 언뜻 보기에 수십 명은 족히 되어 보인다. 행사 시작을
기다리는 시간이 지루한지 낙엽 진 은행나무 아래에 앉아 담배를
피우는 사냥꾼도 있다. 사냥꾼이 내린 말안장에는 눈가리개를
한 독수리가 홀로 앉아 있다. 주변의 웅성거림이 신경 쓰이는지
눈가리개를 두른 채 계속 고개를 두리번거린다.

사냥꾼들 무리 옆으로는 퍼레이드의 또 다른 하이라이트, 지역
주민들의 행렬이 있다. 마을마다 제각기 준비한 전통 의상을
뽐내며 주민들은 저희가 공연할 춤과 퍼포먼스를 마지막으로
점검하느라 분주하다.

곧 퍼레이드가 시작될 시간이다. 독수리사냥 축제가 시작됨을
알리는 기수가 깃발을 들고 맨 앞에서 출발한다. 그 뒤를 수십
명 사냥꾼이 말 위에 올라 저마다 독수리를 들고 행렬을 잇는다.
어디에서도 이렇게 많은 사냥꾼과 독수리를 볼 수는 없으리라.
말 달리기 경주에 참가할 경주마와 기수가 그 뒤를 따른다.
이어서 마을 주민들의 퍼레이드도 시작된다. 독수리사냥을 표현한
옷을 입고 춤을 추는 사람들, 전통 의상을 입고서 악기를 연주하는
아이들 행렬이 즐겁게 흘러간다. 축제를 기리는 문구를 새긴
퍼레이드 자동차를 만들어 나온 마을도 있다.

퍼레이드 행렬은 시가지를 한 바퀴 돌고 난 뒤에 울기 시청 앞
광장에 모인다. 다른 곳은 여전히 지나치게 차분하지만, 광장
주변만큼은 사냥꾼과 공연 참가자에 구경 온 인파까지 더해
북적북적 생기가 넘친다.

주변 시가지도 축제 동안은 평소의 적막함을 깨고 제법 활기를
띤다. 상점과 식당이 들어선 골목도, 노점상이 빽빽하게 들어선
시장통도 평소보다 많은 사람들로 번잡하다.

퍼레이드 준비로 아침부터 어수선한 광장. 구경하러 온 외지인들도
일찍부터 와서 사진 찍고 구경하기 좋은 자리를 물색 중이다. 좋은
자리는 이미 누군가가 앉아 있다.

울기 시청앞 광장을 중심으로 펼쳐지던 흥겨운 시가지 퍼레이드를
이제 더는 볼 수 없다. 그 대신 2006년 이후로 독수리사냥 축제의
본 경기가 열리는 곳에서 퍼레이드도 함께 진행하고 있다. 도심에서
떨어진 벌판에서 하게 되어서인지, 퍼레이드는 규모도 단출해졌고
예전 같은 아기자기함이나 풍성한 재미가 많이 사라졌다.
독수리사냥 축제가 양분되어 어쩔 수 없이 규모가 줄어들었기
때문이리라. 그러나 전통 무용 공연은 축제 기간 동안 밤마다
도심의 극장에서 볼 수 있다.

경연

사냥꾼들이 말을 타고 한 손엔 독수리를 얹은 채 심사위원석과
관중들 앞을 돌며 자태를 뽐낸다. 복장의 매무새부터 말과
독수리의 상태, 사냥 도구와 장신구의 화려함까지 모두 심사
대상이다. 관중들 사이에서 환호와 박수가 잠깐 흘러나온 뒤,
심사위원들은 모두 머리 위로 점수판을 꺼내 든다. 0점부터
9점까지 점수가 있지만 웬만해서는 5점 밑으로 내려가지 않는다.
늘어선 사냥꾼들은 자신의 차례를 기다리며 마지막 순간까지 주변
사냥꾼들과 수다 떨기에 여념이 없다.

자기 순서가 되면 앞으로 나가 한 바퀴 돌고 채점을 기다렸다가
유유히 손을 흔들며 다시 사냥꾼들 무리로 돌아간다.

돌아오자마자 옷깃 안으로 깊숙이 손을 넣어 담배를 꺼내 든다.
다른 사냥꾼이 기다렸다는 듯 불을 내민다. 담배 연기를 길게
내뱉는 사냥꾼의 표정은 이미 점수 따위는 안중에도 없어 보인다.

어디선가 사냥꾼의 외침이 들려온다. 그러자 언덕 뒤쪽에서 검은
그림자가 빠르게 솟구쳐 오른다. 독수리다. 경연을 앞두고 누군가가
언덕 뒤쪽에서 사냥 연습을 하는 모양이다. 실력이 썩 좋아 보이진
않는다. 솟아오른 독수리는 제 사냥꾼을 찾아가지 못하고 하늘을
몇 바퀴째 계속 맴돌다가 엉뚱한 언덕에 내려앉는다. 그 가여운
사냥꾼은 허겁지겁 독수리 쪽으로 쫓아가 잡아 온다. 경연이
아니라 다행이다.

심사위원이 경연의 시작을 알린다. 첫 번째 사냥꾼이 재빨리 독수리를 향해 소리치며 손에 든 고깃덩어리를 흔들어 댄다. 독수리는 사냥꾼의 신호를 알아채고 자리를 박차고 날아오른다. 빠르게 하늘로 날아오른 독수리는 사냥꾼이 소리치고 있는 들판을 내려다본다. 사냥꾼은 아직 충분하지 않다고 생각하는 것이 분명하다. 더 큰 고함과 동작으로 독수리의 시선을 끌려고 안간힘을 쓴다. 그러나 독수리는 그 상황을 아는지 모르는지 사냥꾼이 아니라 관중을 향해 빠르게 날아간다. 허공을 가르고 큰 날개를 휘저으며 관중들 사이에 가볍게 내려앉는다. 난데없는 독수리의 습격에 일대가 아수라장이 된다. 어느새 달려온 사냥꾼이 독수리를 제압하고 눈가리개를 씌운다. 아무래도 그는 좋은 성적을 얻기는 어렵겠다. 주변에서 박수와 웃음이 뒤섞인 채 플래시 세례가 쏟아진다. 사냥꾼은 뒤도 돌아보지 않고 사냥꾼 무리 속으로 빠르게 걸어 들어간다.

다음 사냥꾼의 순서가 시작된다. 독수리가 하늘로 날아올랐다가 목표물을 향해 내리닫을 때면 사냥꾼은 이미 성공과 실패를 예감한다. 언덕에서 지켜보던 다른 사냥꾼들이 혀를 차며 고개를 젓는다. 실패다.

자신의 순서가 끝난 사냥꾼은 심사위원들이 앉아 있는 푸른색 큰 트럭 앞으로 걸어간다. 트럭 앞에는 심사가 끝난 독수리들이 줄지어 앉아 있다. 그 녀석들도 축제를 구경하는 것처럼 나란히 앉아 고개를 두리번거린다. 사냥꾼 수효만큼 많은 독수리가 한자리에 모여 있다. 독수리사냥꾼은 당연히 자기 독수리를 알아보지만 그래도 만일을 대비할 겸 심사위원의 편의를 도울 겸해서 독수리한테 표식을 해 둔다. 등에 색색의 술을 달기도 하고 눈가리개를 흰 깃털과 장식으로 멋을 내는 방식으로 표식을 겸하기도 한다. 또 발을 묶고 있는 끈에 색이 들어간 천이나 깃털, 술을 달아 두기도 한다.

독수리를 한자리에 모아 두는 것은 능력이 뛰어난 독수리를 돌려 가며 사용하는 꼼수를 막기 위함이다. 설마 그런 행동을 하겠나 싶지만 해마다 그런 일들이 꼭 일어난다. 술이나 눈가리개를 바꾸거나 순서를 바꾸는 등 교묘한 꼼수는 계속 생겨난다.

말 달리다

경주의 시작을 알리는 총성이 울리자 기수가 탄 말들이 출발선을
총알같이 벗어나 달리기 시작한다. 메마른 벌판에 먼지바람이
인다. 엎치락뒤치락하며 따라잡고 따라잡히는 숨 막히는 상황이
이어진다.

고깔처럼 솟은 바위 언덕에 오르면 들판이 한눈에 내려다보인다.
그러나 그 언덕에 올라 봐도 말 달리기 경주의 정확한 트랙을
파악하기는 어렵다. 다만 말들이 내는 먼지가 희미하게 이어지는
것을 보고 트랙을 짐작할 뿐이다. 모두 열 바퀴를 도는 긴 경주가
한 시간 넘게 이어진다. 결승선 역할을 하는 작은 언덕 위에서는
심판이 몇 바퀴가 남았는지 알리는 숫자를 적은 피켓을 들고 있다.
말들이 심판이 서 있는 언덕을 미끄러지듯 돈다. 말 위에 탄 기수가
세차게 채찍을 휘두른다. 순식간에 멀어져 가는 말 뒤로 먼지가
연기처럼 피어오른다.

결승선이 가까워질수록 기수는 강하게 말을 몰아붙인다. 연신 큰
소리를 지르며 채찍질을 쉬지 않는다. 말은 거친 호흡을 내뱉으며
땅을 박차고 달린다. 대지를 거침없이 내달리는 말들에게서
폭발적인 생명력이 느껴진다. 흥분한 말의 힘을 감당하기란 여간
어려운 일이 아니다. 단단하게 고삐를 잡고 긴장을 늦추지 않아야
한다. 말이 뛰는 순간 고삐의 긴장감은 최대로 팽팽해진다.

끝없이 트인 들판에 말발굽 소리가 가득하다. 무서운 속도로
힘차게 달리는 한 무리의 경주마들 위로 바람이 분다. 말갈기가
어지럽게 흔들리고 간발의 차이로 말들이 결승선을 통과한다.

여러 날 이어지는 축제는 독수리사냥 경연 틈틈이 말 달리기
경주, 말을 달리며 동전을 줍는 '티엔 테루(tiyn teru)', 그리고
말을 타고 달리며 상대방의 염소 가죽을 잡아당겨 빼앗는
'부즈카시(bushkashi)' 등 말을 타고 하는 여러 놀이와 활쏘기도
즐긴다.

소년이 한 손으로 안장을 힘껏 움켜쥐고 몸을 말 몸통 아래로
내린다. 그리고 다른 한 손으로 땅을 훑으며 무언가를 빠르게
낚아챈다. 소년은 말을 타고 동전 줍기를 하는 '티엔 테루'에
참가하고 있는 중이다. 소년이 마치 곡예를 하듯이 아슬아슬하게
말에 매달려 동전을 줍건 말건, 말은 콧김을 내뿜으며 빠르게 달려
나간다.

누가 가르쳐 주지 않아도 이곳 아이들은 어지간하면 말 부리는
솜씨가 좋다. 안장도 고삐도 없이 말갈기를 두 손으로 부여잡고
들판을 짓쳐 달리기도 한다. 그 자연스러운 모습이 그림처럼
멋지다. 아마도 오랜 세월 말을 타고 초원을 달리는 동안 유전자에
깊게 새겨진 기마민족의 기질 덕분에 이곳 아이들은 말 타기에
천부적인 재능을 타고나는 것이리라.

티엔 테루(Tiyn Teru)는 말을 타고 달려가며 몸을 기울여 땅에 떨어져 있는 동전을 줍는 전통 놀이다.

말을 달리며 상대방의 염소 가죽을 잡아당겨 빼앗는 경기인 부즈카시(Bushkashi)를 하고 있다.

키즈 쿠아(Kyz Kuar) 경기를 하는 사람들. 이 경기는 남녀가 함께 하는데, 정해진 구역
내에서 각자의 말을 타고서 남자는 여자를 피해 달리고 여자는 남자를 치려고 쫓아간다.

활쏘기도 경연에서 빠지는 법이 없다.

사냥꾼이 사는 마을

서쪽 끝을 향해 달리는 길, 그 길의 끝에 사냥꾼이 사는
알타이(Altay) 솜*이 있다. 날카로운 자갈과 울퉁불퉁한 길을 따라
키 낮은 풀과 넝쿨이 무리지어 자라고 있다. 날카로운 가시와 작은
잎을 가진 것도 있고, 머리를 풀어 헤친 듯 정신없이 자라 덤불을
이룬 것도 있다. 어쩌다 보이는 나무는 척박한 겨울의 대지와 투쟁
중인 듯 힘겨워 보인다.

* 솜(som): 몽골의 행정 단위 명칭으로, 우리나라의 군(郡)에 해당한다.

놀랍다. 이렇게 많은 사냥꾼이 한 마을에 살고 있다니. 알타이 솜의 가장은 모두가 독수리사냥을 전업으로 삼고 있다. 이 집을 지나 저 집도, 멀리 보이는 게르들도 모두 사냥꾼이 사는 집이다. 경력과 실력, 독수리의 차이는 있지만 하나같이 독수리를 키우고 사냥철을 준비하느라 분주하다.

옛날부터 알타이 솜은 독수리사냥꾼의 마을로 이름이 난, 퍽 활기찬 곳이었다. 마을의 남자는 대부분 온전한 사냥꾼이었다. 사냥꾼이 아닌 사람을 찾는 것이 더 힘들었다. 그러나 언제부턴가 사냥꾼이 줄어들기 시작했다. 더 이상 독수리사냥으로는 생활을 할 수 없기 때문이었다. 그동안 너무 많이 사냥한 탓에 잡을 수 있는 야생 동물이 충분하지 않은 데에다, 사냥이 더는 돈이 되지 않는 것도 문제였다. 생계를 꾸려 나갈 수 없게 되자 독수리사냥꾼의 수는 빠르게 줄어들었고, 남아 있던 사냥꾼들도 사냥이 잘되는 곳을 찾아 마을을 떠나갔다. 이제 이 마을에 남아 있는 가구는 스무 집 남짓하고, 독수리사냥꾼은 스무 명이 채 되지 않는다. 그래도 여전히 여느 마을보다는 독수리사냥꾼이 많은 편이다.

그중에서 가장 크고 아름다운 독수리를 기르던 사냥꾼
흐므르항은 이제 거기 없다. 2006년 독수리사냥 축제에서 보았던
그의 모습이 아직도 생생한데, 그 이듬해에 그는 목숨이 다해
세상을 떠났다. 희고 부드러운 늑대 털 외투에 빨간 털모자를 쓰고
안경 너머로 독수리를 지그시 바라보던 그의 남다른 풍모는 퍽
인상적이었다. 흐므르항은 바양울기 아이막의 역대 사냥꾼들 중
최고의 사냥꾼으로 꼽히며 모두에게서 존경을 받았다. 죽은 뒤에도
여전히 최고의 사냥꾼으로 기림을 받고 있다. 그의 독수리 또한
가장 훌륭한 독수리로 명성을 날렸다.

흐므르항은 그 지역의 젊은 사냥꾼을 가르치고 배출했다.
어린아이부터 청년에 이르기까지 후진들에게 사냥법을 전수했고,
때로는 독수리를 잡아서 주기도 했다. 그가 잡아 준 독수리는
온순하고 총명해 사냥에 나가면 늘 높은 성공률을 거두는 것으로
유명했다. 흐므르항의 아들 알딱은 아버지에게서 받은 독수리를
여전히 부리고 있다. 알딱이 자기 아버지가 물려준 독수리를
부리는 모습에서 그가 아버지에게서 많은 것을 물려받았다는 것에
크게 자부심을 가지고 있음을 느낄 수 있다.

해가 거듭할수록 빠르게 사냥꾼이 줄어든다. 많은 사람이 사냥을
포기해서도 그렇지만, 고령의 사냥꾼이 많은 탓도 크다. 하나둘
사라지는 늙은 사냥꾼의 자리가 더 크게 느껴진다.

삐걱거리는 문 아래에서 귀여운 어린아이가 얼굴을 내민다.
알딱의 아들이다. 아빠가 사냥 장비를 챙기는 모습을 멋지다는
시선으로 바라본다. 입을 반쯤 벌리고 눈을 떼지 못한다. 아직 말이
서투른지 엄마에게 손짓으로 뭔가를 말하려고 한다.
엄마는 집안일에 바빠 아이의 손짓을 알아챌 겨를이 없다.

자기 무릎만큼 높은 문턱을 힘겹게 넘어 집 안으로 들어온다.
들어와서도 볼그레한 볼을 실룩이며 여전히 아빠에게서 눈을
떼지 못한다. 알딱은 그제서야 아이가 바라는 것이 무엇인지
알아차리고, 쓰고 있던 털모자와 독수리 장갑을 벗어 아이에게
씌워 준다. 몸통만 한 장갑에 허리까지 오는 털모자를 쓴 모습이
귀엽다. 아이는 얼굴 가득 만족스러워한다. 이 아이도 자라면
아버지와 할아버지가 그랬던 것처럼 훌륭한 독수리사냥꾼이 될
것이다.

가짜 사냥꾼

삭사이(Sagsay) 솜에 사는 호만졸은 '가짜 사냥꾼'이라고 불린다. 그가 정말 '가짜'이기 때문에 그런 것이 아니다. 그도 독수리사냥을 하는 사냥꾼이다. 다만 이제는 더 이상 실제로 사냥을 하지 않고, 관광객에게 보여 주기 위해 사냥을 하기 때문에 '가짜 사냥꾼'이라고 불린다.

요즘 바양울기 지역에는 두 종류의 독수리사냥꾼이 있다. 실제로 사냥을 목적으로 독수리를 부리는 사냥꾼이 있고, 여행자들에게 보여 주기 위한 관광 이벤트인 '쇼'를 위해 독수리를 길들이는 사냥꾼이 있다. 이곳 사람들은 그들을 '진짜 사냥꾼'과 '가짜 사냥꾼' 이라고 구분한다. 사냥이 목적인, 이른바 '진짜 사냥꾼'은 진정한 독수리사냥꾼으로서 전통과 자부심을 계승하는 이들이다.

호만졸은 가짜 사냥꾼에 속한다. 그는 관광객을 대상으로 한 쇼나 이벤트, 또는 체험 관광을 위해 독수리를 키우고 있다. 관광객들은 그의 독수리를 만져 보고, 팔에 얹어도 보고, 그의 옷을 빌려 입고 말 위에 올라 사진을 찍기도 한다. 호만졸과 같은 가짜 사냥꾼은 때로는 마을 밖으로 나가 사냥하는 모습을 시연해 보이기도 한다. 그리고 이 모든 것에 값을 매긴다.

가짜 사냥꾼은 때로 그 독수리를 팔기도 한다. 독수리를 가족처럼 여기는 전통적인 독수리사냥꾼으로서는 용납할 수도, 이해할 수도 없는 일이다. 진짜 사냥꾼은 크고 힘이 좋은 암컷 독수리만 잡아서 사용하지만, 가짜 사냥꾼은 사냥할 일이 없으니 수컷 독수리도 잡아 기른다. 그가 원하는 것은 어떤 사냥일까.

빈집

며칠 동안 날이 계속 꾸무럭하더니 결국 비를 품은 두꺼운
먹구름이 하늘을 가득 가렸다. 아침부터 가늘게 내리던 비가
오후가 되자 폭포수처럼 쏟아져 내린다. 폭우 속에서 자동차는
느릿느릿 간신히 앞으로 나아간다. 그러더니 급기야는 거세게
퍼붓는 굵은 빗발이 커튼처럼 시야를 가린다. 어쩔 수 없이
자동차를 멈추고, 차 안에서 요란한 빗소리에 귀 기울인다.
이것도 나쁘지 않다.

울기 시에서 알타이 솜으로 가는 길 도중에 있는 부얀트(Buyant) 솜에 들어서니, 빈집이 부쩍 늘었다. 마을 곳곳에서 동네가 아예 사라지고 없다. 아마 겨울을 맞아 겨울용 흙벽돌 집으로 옮겨 가서 지내느라고 동네를 비운 까닭도 있겠지만, 독수리사냥 생활을 청산하고 고향을 떠나는 사냥꾼이 늘었기 때문이다. 벌써 몇 집을 다녔건만 모두 빈집이어서 허탕을 쳤다.

분명히 있을 것이라고 일러 준 곳인데도 게르도, 사람도, 어떤 흔적도 보이지 않는다. 어쩌면 길을 덜 온 것일지도, 길을 잘못 든 것일지도 모른다. 이정표도 없고, 확실한 표식이 될 만한 눈에 띄는 구조물도 없으니, 설명을 들은 것 이상으로 이리저리 곰곰 헤아려 보아야 한다. 황막한 들판과 높은 언덕들 사이로 인적 하나 없다. 이곳을 알려 준 사람에게 물으려 해도 휴대전화는 신호가 잡히지 않아 먹통이다. 하는 수 없이 오던 길을 되돌아가, 오는 중에 그냥 지나친 게르를 찾기로 한다.

울기 시에서 칭글(Tsengel) 솜을 지나 국립공원으로 가는 길의
작은 마을. 바위 언덕을 넘어 작은 개울을 지나 우연히 마주한
이곳은 제대로 된 꽃나무 한 그루 없지만 '비밀의 화원' 같다.
바위마다 가득 새겨진 암각화가 들꽃처럼 군락을 이루고 있다.
아주 오랜 옛날의 어느 시기의 것인지 모르겠지만, 그래도 가축을
키우던 시기였는지 소를 몰고 부리는 사람의 모습이 선명하다.
무리를 지어 있는 사슴은 화려하고 커다란 뿔을 자랑한다.
암각화는 오랜 풍상에 쓸리고 깎여 닳아 있다. 평면에 그려져
있지만 입체적으로 다가온다. 바위 하나하나가 이야기를 담고 있어
산 전체가 옛날이야기 책 같다.

변화무쌍한 것이 날씨라지만, 차라리 날씨나 자연은 정확하고
명쾌하다 하겠다. 독수리사냥꾼을 찾아가는 길은 정말 무엇 하나
확실한 것이 없다. 여기저기에서 정보를 모으고 이곳 현지인들이
세심하게 약도를 그려 주어도 그 자리에 반드시 있다고 확신할
수 없다. 찾아가는 길은 단순하지만 예상하지 못한 변수가 너무
많다. 있던 길이 사라지고 없던 길이 나타나는 일이 허다하고,
있는 길도 갈 수 없는 경우가 부지기수다. 그래서 내심으로
못내 불안해하지만, 그래도 사냥꾼들이 알려 주는 정보보다 더
믿을 만한 것은 없다. 알려 준 길을 따라 언덕 아래로 내려가니
흙벽돌집의 지붕 위 굴뚝이 드러난다. 시커먼 굴뚝은 연기도
피우지 않고 횅뎅그렁하다. 마음이 불안함 쪽으로 기운다.

이 마을에도 독수리사냥꾼이 단 한 명도 없다. 마을 어디에서도 더
이상 독수리 사냥꾼을 찾을 수 없게 되었다. 온통 바위산과 차가운
공기가 감싸고 있는 마을이 사냥꾼이 없다 하니 더 적막하게
느껴진다. 마치 마을이 처음 만들어진 때부터 지금까지 줄곧 꽁꽁
얼어붙은 채 모든 것이 멈춰 버린 것 같은 기분이 든다.

마을 토박이 한 분이 "그다지 멀지 않은" 산과 골짜기들 사이에
가면 틀림없이 사냥꾼 몇 명은 만날 수 있을 것이라 말한다. 이
낡은 흙벽돌집도 누군가는 "그다지 멀지 않다"고 했다.

다시 부얀트 쪽으로 돌아왔다. 골짜기를 돌아가는 길 위로 하얀 회벽 칠을 한 집이 보인다. 입구는 닫혀 있고, 깨진 창으로 쾨쾨한 냄새가 스며 나온다. 아무도 없는 모양이다. 무너질 듯 약해진 흙벽돌집과 텅 빈 헛간, 쓰다 남은 창고 위에 싸인 마른 소똥만 봐도 아무도 살지 않음을 알 수 있다. 사람들이 알려 준 대로라면, 이 집엔 분명히 사냥꾼 가족이 살고 있어야 했다. 빈집을 벗어나자, 들은 바 없는 갈림길이 나왔다. 어느 길을 따라갈지 결정하는 데는 이성적인 추리가 필요 없다. 어느 방향이건 처음 보는 길이며, 도움이 될 만한 아무런 정보도 확신도 없는 길이다. 그저 덜 험한 길을 택할 따름이다. 그래 봐야 자갈길이다.

얼마 가지 않아 몇 미터 간격으로 빈집 서너 채가 늘어서 있다. 사냥꾼이 살던 흔적은 있지만 살고 있는 흔적은 없다. 자동차 시동을 걸고 또다시 발길을 돌린다. 산 아래에 있다는 또 다른 집은 포기하고, 초원을 향한다. 뻔히 보이는 길을 달리면서도 사람들이 열심히 알려 준 사냥꾼의 집을 찾지 못하다니, 이상한 마법에라도 걸린 듯한 기분이다. 붉은빛으로 메마른 초원의 초목 사이로 흰빛 게르가 보인다. 크고 작은 것이 세 채다. 주변에 묶여 있음직한 독수리는 흔적도 없다. 지프의 요란한 엔진 소리에 게르 안에서 누군가 나온다. 한 사람뿐이다. 낯선 사람의 방문에 경계의 눈초리를 보낸다.

오래된 사냥꾼

산과 들판만이 이어진 길을 하루 종일 달렸다. 어느덧 해가 언덕 너머로 사라진다. 사방에 어스름이 깔리는가 싶더니 곧 완전한 어둠이 찾아든다. 보이는 것이라곤 삭막한 언덕의 실루엣과 흰 눈에 덮여 창백한 산뿐이다. 먼 산과 가까운 언덕 말고는 아무것도 없는 허허벌판이다. 별 수 없이 자동차를 세우고 그 안에서 잠을 자야 한다. 야생 동물이 다가오는 것을 막기 위해 자동차 주변에 기름통을 둘러 놓는다. 고약한 기름 냄새가 야생 동물로부터 지켜 주는, 보이지 않는 벽을 이룬다.

그런 다음 의자를 접어 잠자리를 만든다. 차갑게 식어가는 차 안에서 침낭을 뒤집어쓰고 잠을 청한다. 사방에 어떤 작은 불빛도 없어 마치 거대한 어둠의 바다에 떠 있는 듯하다. 다만 대기의 어슴푸레한 빛이 서리가 두껍게 낀 차창 밖으로 느껴질 뿐이다. 그사이 자동차 안 공기가 차갑게 얼어붙어서 몸이 계속 오들거리는데, 바깥에서 동물의 희미한 기척이 들려온다. 불안한 마음과 추위로 뒤척이느라 쉽게 잠들 수가 없다. 온기를 얻으려고 시동을 걸어 보지만 이미 차는 얼음덩어리가 되어 시동도 걸리지 않는다.

차창으로 들어오는 햇살에 정신을 차린다. 해가 뜨니 겨우 몸도
자동차도 녹는다. 아침부터 오후 늦도록 내내 인적 없는 길을 달려
톨릅(Tolbo) 솜에 다다랐다. 길에 작은 흙벽돌집 하나가 보인다.
조용히 문을 열고 나오는 사람은 이 집의 주인이자 바양울기
아이막 일대에서 가장 나이가 많은 사냥꾼, 바이톨다 노인이다.
그의 독수리도 그와 더불어 가장 오래된 독수리로 유명하다.

바이톨다 노인은 몸을 의자에 깊숙이 묻은 채 앉아 있다. 온몸이
피곤해 손님을 맞이할 기력도, 의지도 없어 보인다. 어찌나 힘이
없어 보이는지, 그는 그대로 앉은 채로 그가 앉은 자리 창 옆
구석진 벽으로 빨려들어 갈 것만 같다.

그는 지금까지 데리고 있는 독수리 한 마리 말고는 다른 독수리를
가져 본 적이 없다. 함께하는 독수리가 있으니 새로운 독수리를
가질 이유가 없었다고 한다. 독수리가 있는데도 새 독수리를 갖는
것은 그의 사냥 철학에 어긋나는 일이라는 것이다. 오랜 세월
지켜 온 그만의 사냥관이다. 주변 사람들이 사냥꾼만큼 늙어
버린 독수리를 풀어 주라고 곧잘 참견하곤 한다. 전성기를 지난
독수리는 풀어 주는 것이 도의에 맞다는 것이다. 여느 사냥꾼들은
같은 독수리와 함께 사냥하는 기간이 보통 삼 년에서 오 년
정도이다. 삼 년만 넘어도 길다는 사냥꾼들도 있다. 독수리가
한 살도 채 되지 않았을 때 잡혀 온 뒤로 거의 평생을 두고 묶인
채 살아온 것을 생각하면, 바이톨다 노인은 참 고약한 늙은
사냥꾼이지 싶다.

오래된 사냥꾼은 황금빛 노을이 일렁이는 평원을 가리킨다. 그러더니 집 앞의 작은 못 가장자리를 바라본다. 반짝이는 물결 옆으로 고개를 숙이고서 가만히 앉아 있는 독수리가 보인다. 독수리 뒤쪽으로 흔들리는 풀잎들이 일종의 후광처럼 신비로운 분위기를 빚어 낸다. 노인은 걷는 것도 쉽지 않아 보인다. 지팡이를 천천히 짚으며 독수리에게 다가간다. 독수리 주변에 크고 작은 깃털들이 너저분하게 널려 있다. 겨울이 다가오니 털갈이를 하는 모양이다. 털갈이가 아니어도, 워낙 나이가 많은 탓에 털이 많이 빠지기도 할 것이다.

해가 사그라지고 있다. 노인의 아들이 집 앞에 나와 맞은편 산을
바라보고 있다. 산 이쪽저쪽을 크게 훑어보고 나더니, 손에 쥐고
있던 망원경을 눈에 대고 찬찬히 살피기 시작한다. 특히 몇몇
곳은 한참씩 응시한다. 노인의 아들은 맞은편 산에다 독수리 덫을
설치해 두었다. 독수리를 잡아 주는 사냥꾼에게서 사 오는 방법도
있지만, 그는 직접 잡고 싶어한다. 아버지가 그랬듯이 그도 훌륭한
독수리를 잡아 오랜 세월 동안 함께 사냥할 수 있기를 바라는
마음이 간절하다. 그래서 벌써 몇 번이나 허탕을 치고 나서도
여전히 좋은 독수리가 잡힐 날을 기다리고 있다.

야생 독수리

야생 독수리를 이렇게 가까이서 보는 것은 난생처음이다. 사냥꾼들
말로는 이 지역에는 크게 세 종류의 독수리가 있다고 한다. 그들이
어릴 때부터 전해 듣고 보아 왔을 뿐이어서 정확하게 종을 알지는
못하지만, 어떤 종류인지는 대강 구분하고 있다. 곧, 사냥꾼들이
독수리사냥에 사용하는 독수리, 몸집이 큰 아프리카 독수리,
매처럼 몸집이 작은 독수리, 그렇게 세 종류란다. 종류야 어떻든,
사냥꾼의 독수리나 관광용으로 묶여 있던 독수리, 또 멀리서 날고
있는 모습은 많이 보아 왔지만, 손을 뻗으면 닿을 거리에서 야생의
독수리를 바라보기는 처음이다. 이렇게 보니 느낌이 아주 다르다.
거대한 풍채, 그리고 설명하기 힘든 위엄이 주변의 모든 것을
압도한다.

조금씩 독수리를 향해 다가간다. 혹시 놀라서 날아갈지 몰라
겨우 반 걸음 다가서서는 가만히 분위기를 살피고, 다시 반 걸음
더 가까이 다가간다. 독수리는 이리저리 둘러보고 뒤뚱뒤뚱
걷기도 하고 통통 튀며 조금씩 멀어져 간다. 바짝 다가가면 갑자기
달려들어 그 무서운 갈고리 발톱으로 움켜잡으면 어쩌나 하는
일말의 불안감을 안은 채로, 계속해서 조금씩 조금씩 다가간다.

분주하게 움직이던 눈동자가 한곳에 고정된다. 무언가 포착한
모양이다. 이윽고 날개를 펴고 날아오른다. 독수리가 날개를 펴는
순간, 나도 모르게 탄성이 터져 나왔다. 그토록 힘찬 날갯짓이라니!
독수리가 날개를 펴고 순식간에 날아오르는 순간, 지금까지 느끼지
못하던, 대단한 힘과 위용을 보았다.

독수리 잡는 독수리사냥꾼

톨룹 솜의 알딱은 독수리를 아주 잘 잡는 독수리사냥꾼이다.
독수리를 잡는 독수리사냥꾼이라니, 참 아이러니하다. 그는
독수리사냥꾼들에게 독수리를 공급하는 사람이다. 직접 독수리를
잡아 길들이는 사냥꾼도 여전히 있지만, 다른 사람이 대신 잡아
온 독수리를 사는 사냥꾼도 요즘에는 많다. 좋은 독수리라고
소문난 독수리를 비싼 값을 치르고 사는 경우도 드물게 있다.
그들 대부분은 사냥이 목적이 아니거나 뒤늦게 사냥을 시작한
사람들이다. 독수리를 잡는 일은 결코 쉬운 일이 아니라서,
사냥꾼이라 해도 돈을 주고 사는 사람이 얼마든지 있을 수 있다.

독수리는 가까운 낮은 산이나 골짜기에는 살지 않는다. 대부분
멀리 떨어진 험하고 높은 산 위 벼랑 끝에 둥지를 틀고 있다.
독수리 둥지를 찾는 일만 해도 많은 시간이 필요하다. 알딱은
독수리가 많이 살고 있다는 산에서 이 골짜기 저 골짜기를 오른다.
한참을 그렇게 오르내리다가 마침내 독수리 둥지를 발견한다.
가파른 절벽 꼭대기 벼랑 끝에 둥지가 있다. 그는 절벽을 매달리듯
기어오른다. 마침 기회가 좋다. 어미 독수리는 사냥을 나갔는지
없고, 둥지에는 태어난 지 일 년도 안 되어 보이는 어린 독수리가
혼자 남아 있다. 알딱은 능숙한 솜씨로 어린 독수리를 제압하고
포획해 산을 내려온다.

독수리사냥꾼이 길을 들여 쓰려면 태어난 지 일 년 미만의 암컷
독수리여야 한다. 암컷이 수컷보다 생기기도 잘생기고 몸집도 크고
힘과 사냥 능력도 더 뛰어나기 때문이다.

독수리를 잡는 데에는 한 가지 방법이 더 있다. 그물이나 덫을
설치하는 방법이다. 덫이든 그물이든 설치하는 장소는 같다.
독수리가 자주 출몰하는 산골짜기가 설치할 지점이다. 여러 장소를
물색한 끝에 독수리가 자주 다니는 곳을 중심으로 주변에 덫이나
그물을 빙 둘러 가며 설치한다. 그렇게 수많은 덫과 그물을 설치해
놓고 멀리 떨어진 사냥꾼의 게르에서 망원경으로 수시로 확인한다.

눈이 내렸다. 눈이 내리면 덫이나 그물이 눈에 덮여 쓸모가 없게
된다. 발목까지 찰 만큼 내렸으니 덫과 그물을 회수해야 한다.
날이 적당히 밝자 알딱은 덫을 담을 자루와 몇 가지 장비를 챙겨
말에 얹는다. 사냥하러 가는 것이 아니니 독수리는 함께할 필요가
없다. 가는 길에 그는 행여 눈밭을 뛰어 다니던 다른 동물들이라도
덫에 걸렸기를 기대해 본다. 만일 그렇다면 눈 때문에 허탕 친 것을
위로해 주는 작은 보너스가 되리라.

덫을 다 거두어서 저녁 해가 지기 전에 돌아와야 한다. 겨울의
바양울기는 낮이 아주 짧다. 그는 말을 재촉한다.

독수리사냥꾼만을 대상으로 해서 독수리를 공급한다면 독수리를 잡는 사람들은 먹고살기 힘들 것이다. 직접 잡아서 길들여 쓰는 사냥꾼도 제법 있는 데에다 보통 독수리 한 마리로 오 년 안팎은 함께하기에 사냥꾼으로부터의 수요는 그리 많지 않다. 그 대신 요즘 들어서는 외부에서 수요가 늘고 있다. 주로 독수리를 사고파는 브로커와 외국인들이 독수리를 찾는다. 독수리 밀수라는 새로운 분야의 돈벌이가 생긴 것이다. 몽골에서 독수리 밀수는 거리에서 빵을 사고파는 일만큼이나 쉽다. 독수리를 파는 사람과 사 가는 브로커가 그들 사이의 거래를 숨기기로 작정하면 여간해서는 확인할 길이 없다. 사실은 군이 숨길 것도 없이 '공공연한 비밀'처럼 거래가 암암리에 성행하고 있다. 국경을 넘는 거래는 조금 번거로운 과정을 거쳐야 하지만, 그것도 그리 어렵지 않다.

단골 출연

흙벽돌집의 넓은 실내는 게르와는 다른 쾌적함이 있다. 천장이 높고 무엇보다 창문이 있어서이다. 여기는 삭사이(Sagsay) 솜에 있는 늙은 사냥꾼 바이테의 집이다. 바이테는 느긋하게 푹 꺼진 의자에 앉아 있더니 어느새 검은 외투를 걸치고 옆에 다가와 귀를 쫑긋 세우고 있다. 하고 싶은 이야기도, 듣고 싶은 이야기도 많아 보이는 눈빛이다.

사진마다 찍힌 사람들의 이름, 관계, 날짜 같은 것들이 깨알같이 적혀 있다. 이렇게 꼼꼼히 기록해 두는 덕에 언제 무슨 일로 찍은 사진인지 잊을 염려가 없다. 참 꼼꼼한 사람이다. 책이며 사진, 사냥 도구들도 가지런하게 정리되어 있고, 행색도 깔끔하니 단정하다.

늙은 사냥꾼은 흰 수염을 위아래로 쓰다듬으며, 아들이 꺼내 온 두툼한 독일 사진집을 넘긴다. 손가락으로 사진집의 한 페이지를 가리킨다. 방 한가운데 크게 걸려 있는 바로 그 사진이다. 칭기즈칸처럼 기품 있고 위엄이 넘치는 늠름한 모습이다. 사진집은 독일의 한 방송인이 몽골을 횡단하는 내용을 담고 있는데, 그 방송인이 이 일대를 지나가는 동안 바이테가 안내인으로서 도움을 준 모양이다. 사냥꾼의 며느리가 수테 차(suutei tsai)*와 마른 빵을 내온다.

이번에는 짙은 남색의 큼지막한 앨범을 천천히 넘긴다. 그 앨범에는 지난 오랜 세월 동안 사냥꾼이 겪은 흔적이 고스란히 남아 있다. 그가 사냥을 갓 시작한 소년 시절에 외국의 여러 방송사와 촬영한 순간도 남아 있다. 그 뒤로 그는 각종 매체의 단골 출연자가 되었다. 지금도 독수리사냥을 취재하러 온 외국의 매체들은 그를 찾는다. 그동안 그를 취재해 간 많은 나라와 방송사를 손으로 꼽는 동안 입가에서 뿌듯한 웃음이 사라지지 않는다. 갑자기 그가 비밀스런 눈빛을 띠더니 몇몇 촬영은 실제 상황이 아니라 연출된 것들이었다고 나지막하게 소곤거린다. 그러더니 다시 허리를 펴고 크게 웃으며 다 그런 거라며 손을 앞뒤로 흔든다.

* 수테 차(suutei tsai): 물, 양젖/염소젖, 차(홍차, 녹차), 소금으로 만드는 몽골의 전통 음료다. 밀크 티와 비슷한데, 우유 대신 양젖, 염소젖을 쓰고, 홍차뿐 아니라 녹차를 쓰기도 하고, 더러 식사 대용으로 만들 때는 버터를 추가하기도 하는 점이 밀크 티와 다르다.

집 안 구석구석에 묵직한 가죽 장갑, 여우 털로 만든 복슬복슬한 털모자, 독수리 눈가리개, 채찍 등이 걸려 있다. 창가에는 독수리 먹이 그릇과 발목을 묶어 두는 띠가 놓여 있다. 테이블 아래엔 독수리가 쉴 때 앉는 나무 받침대와 낡은 말안장이 보인다.

그에게는 어려서부터 소중하게 여겨 온 사냥 도구들이 있다. 할아버지 때부터 사용했고 아버지를 거쳐 그가 물려받은 잡동사니들로, 독수리 먹이 그릇, 낡은 눈가리개, 은으로 장식한 허리띠, 독수리를 묶어 두는 데 쓰는 물건 따위다. 지금도 사냥을 나갈 때면 그것들을 사용한다. 그는 손때 묻은 그 물건들을 좋아하고 아낀다. 더러 해지거나 하면 감쪽같이 손질해서 써 왔다.

독수리 눈가리개는 아버지가 물려준 가죽 본이 있어 필요하면 언제든지 새로 만들 수가 있다. 가끔은 주변 사냥꾼들 부탁으로 만들어 팔기도 한다. 요즘은 사냥에 필요한 도구를 직접 만들지 않는 사냥꾼들이 많아 그 일이 제법 쏠쏠한 벌이가 된다. 그가 만들고 있는 사냥 도구의 사용 방법과 만드는 방법을 들려준다. 특히 눈가리개에 대해서는 신명이 나서 설명한다. 낡은 서랍장에서 본을 떠 놓은 가죽 몇 장을 꺼낸다. 손으로 이리 저리 모양을 만들어 잡으니 과연 눈가리개 모양이 나온다.

두툼한 천으로 만든 겨울 외투와 자신이 사냥한 동물 털과 가죽으로 만든 털외투도 가져온다. 이곳의 겨울 외투는, 특히 동물의 털 조각으로 만든 외투는 참으로 훌륭한 기능성 옷이다. 소방관의 두터운 방화복처럼 생긴 외투는 보온성이 높은 천과 내피를 속에 겹겹이 덧대어 보온과 단열이 무척 뛰어나다. 옷깃을 여미고 단추를 채우면 품 안으로 바람 한 줌도 들어오지 않는다. 투박하고 단순하지만, 철저하게 기능에 충실한 디자인 덕분에 남다른 멋과 아름다움이 돋보인다.

명예의 전당

모두가 난로 위 주전자를 지켜보고 있다. 물이 끓자 뜨거운 김과
함께 뚜껑이 들썩인다. 뚜껑을 열어 차 한 줌을 털어넣는다. 테이블
위, 작은 그릇에 담긴 각설탕 몇 덩이도 집어넣는다. 난로에서
뿜어져 나오는 열기로 서서히 몸이 녹기 시작할 때쯤 끓고 있는
주전자의 차를 작은 사발에 한 잔씩 따라 돌린다.
추운 겨울, 사냥을 하고 들어와 마시는 뜨거운 수테 차만큼이나
훌륭한 것도 없다. 맛도 깔끔하다. 사냥꾼들의 장비 중에 보온병이
없는 것이 그저 아쉬울 따름이다.

수테 차를 마시며 사냥꾼의 이야기가 시작된다. 이야기는
사실과 과장에 자랑까지 절묘하게 얹어 드라마틱한 인생사를
그려 낸다. 이야기를 다 믿을 수는 없지만, 듣고 있노라면
독수리사냥꾼으로서의 자부심과 긍지가 전해진다. 나이가 많든
적든 사냥꾼이라면 누구라도 제 이야기를 하면서 빼놓지 않는
것이 사진과 훈장이다.

여러 해 동안 모아온 메달과 훈장, 배지들이 벽 한쪽에 가득 걸려
있다. 그 가운데에서 독수리사냥 대회에서 받은 메달과 훈장은
그 옆의 작고 오래된 사진들과 함께 유난히 돋보이는 곳에 자리
잡고 있다. 사진 또한 대부분 독수리사냥과 관련된 것들이다.
사냥꾼의 '명예의 전당'인 셈이다.

사냥꾼의 아내가 수테 차를 끓이는 동안 그는 자신의 삶과 젊은
시절의 꿈과 야망을 들려준다. 아직도 생생한 듯, 바로 눈앞에서
벌어지고 있는 듯, 메달과 훈장마다 그것들에 얽힌 이야기를
쏟아 낸다. '명예의 전당'에 걸린 사진과 훈장들을 바라보는 순간,
사냥꾼의 눈앞에는 이미 그 시절 그 장소가 펼쳐지고 그때에
일어난 일들이 떠오르는가 보다. 이야기가 극적인 순간에 이르면
흥분이 고조되곤 한다. 듣는 사람도 옛일을 떠올리는 그의 마음과
머리를 공유하고 있는 듯한 착각이 든다.

독수리사냥꾼으로서 좋았던 옛 시절을 이야기하다 말고 그는
잠시 그때의 기억에 빠져든다. 앞날이 캄캄한 지금의 현실을
잊고 싶어하는 것 같다. 그에게 가장 명예로운 것은 역시
독수리사냥꾼으로서의 모습이다.

그는 어느새 늑대 털 외투로 옷을 갈아입고 말이 묶여 있는 뒤뜰로
나간다. 자신의 '명예의 전당'에 추가할 사진이 필요한 모양이다.

그는 늙은 늑대처럼 날카로운 눈빛을 빛내며 지푸라기를
우물거리는 말에게 다가간다. 그러고 보니 독수리가 없다. 다른
사람에게 독수리를 가져오라고 하고는, 그 사람을 기다리는 동안,
다시 낡은 앨범을 펼치며 이야기를 계속한다. 이야기를 들려주는
그의 눈빛과 표정에서 독수리사냥꾼으로서의 한창 때의 모습이
어렴풋이 느껴진다. 같이 사냥을 한다는 동네 아저씨가 독수리
한 마리를 손에 얹은 채 달려온다. 아내의 도움을 받으며 사냥에
쓰이는 각종 장신구와 장비들을 착용하고 옷매무새를 고친다. 말에
올라 동네 아저씨가 가지고 온 독수리를 자신의 한쪽 팔 위에
얹는다. 그러고는 카메라를 향해 자부심 가득한 표정을 짓는다.

눈 내리다

밤새 내내 눈이 내렸다. 시가지도, 들판도, 도시를 둘러싸고 있는
산도 흰 눈으로 뒤덮였다. 지난밤 추위를 녹이려고 집집마다
아침부터 난로에 불을 괄하게 지피는가 보다. 밖으로 삐져나온
굴뚝마다 희고 검은 연기가 쉼 없이 피어오른다.

눈이 내리면 사냥을 위한 때가 온 것이다. 눈으로 뒤덮인 풍경을
바라보면서 사냥꾼은 이런저런 생각에 골똘하다. 먼저 봄이 오기
전까지 자신과 독수리가 할 수 있는 최고의 시나리오를 그려 본다.
사냥 방법과 규모, 어떤 사냥감을 얼마나 잡을 수 있을지 헤아린다.
그러다가 생각이 생계 문제에 이른다. 사냥한 동물을 얼마나
받고 팔 수 있을지, 독수리사냥 일이 과연 계속할 만한 것인지…,
사냥꾼의 머리는 복잡하다. 당장 결정을 내려야 하는 것은
아니지만, 생각 없이 나 몰라라 하고 있을 수 없는 일이다. 결정을
내려야 할 때가 오기까지 마음속 고민은 계속될 것이다.

사냥꾼은 마음 같아서는 따뜻한 게르 안에 틀어박혀 뜨거운 수테
차를 마시며 쉬고 싶지만 그럴 수는 없다. 눈이 내렸기 때문이다.
게르를 나와 허리를 펴고 주변을 둘러본다. 눈으로 덮인 희고
깨끗한 들판이 펼쳐져 있다. 작은아들 가족이 살고 있는 바로
옆 게르로 걸어가는 길은 사냥꾼과 그가 기르는 개 두 마리의
발자국이 어지럽다. 벌써 일어나 아침 식사라도 하고 있는지
부산스러운 인기척 사이로 웃음소리가 들린다.

편화의 흐름

그만두다

대부분의 사냥꾼들은 독수리사냥을 포기한다는 것은 꿈에도
생각하지 않는다. 직업으로서의 가치, 문화적 존재감, 전통의
계승자라는 면에서 자긍심을 한껏 갖고 있기에, 포기나 이직에
대한 생각은 아예 있을 수가 없다. 하지만 그것은 지난 세대의
이야기가 되었다. 지금은 아무것도 확신할 수 없다. 독수리사냥의
상황이 그리 긍정적이지 못한 것이 현실이다.

독수리사냥을 하고 있든 하지 않든, 가장 중요한 것은 현실이다.
좋은 독수리를 가지고 사냥에서 좋은 성과를 거두는 사냥꾼이
최고의 남자이며 우상이던 시절은 이미 지났다. 그래도 어려서부터
보고 배우며 자랐기에 여전히 강한 자부심과 긍지를 가슴에
품고는 산다. 서른을 넘긴 바양울기의 남자는 예외 없이 한겨울의
독수리사냥을 꿈꾼다.

하지만 젊은이들은 고향을 벗어나기를 꿈꾼다. 집에서, 마을에서,
이 삭막한 산과 초원에서 벗어나고자 한다. 아직도 사냥꾼을
꿈꾸는 젊은이도 더러 있지만, 대부분은 사냥꾼이 되기를 바라지
않는다. 어려서부터 일을 해 온 젊은이, 공부를 하는 젊은이,
기술을 배운 젊은이 할 것 없이 모두가 이곳에서 탈출할 길을
준비한다. 아버지 세대로서는 상상할 수 없는 참으로 안타까운
일이다.

사냥꾼은 시간을 꽤 보내고 나서야 이제 독수리사냥의 시대는
끝이 났음을 깨달았다. 생계를 위해 이런저런 시도를 해 보았지만
결국 최선의 선택은 포기였다. 오랫동안 독수리사냥을 하고
살아왔지만, 요즘 들어 그가 느끼는 것이라곤 현실적인 고단함과,
사냥꾼의 삶은 이제 끝이라는 공허함이다. 그만큼 현실이
팍팍해졌다.

무엇보다 잡을 수 있는 사냥감이 턱없이 부족하다. 사냥꾼이
전보다 많이 줄어들었지만 야생 동물들 개체 수도 그 못지않게
줄어들었다. 야생 동물이 줄어든 것이 사냥만으로 먹고살 수 없게
된 가장 근본적인 이유다. 한 사냥꾼이 독수리 한 마리와 함께
잡을 수 있는 사냥 능력은 생각보다 대단하다. 토끼나 여우처럼
작고 흔한 동물은 겨울 동안 수십 마리를 잡아들이기도 한다.

독수리의 개체 수가 급격히 줄어들면서 늑대, 여우와 더불어
독수리를 사냥하는 것도 금지되었다. 독수리사냥은 정부에서
허가를 받아야 할 수 있고, 사냥이 허락된 사냥감을 허용된
수효만큼만 잡을 수 있다. 생태계의 균형을 유지하고 개체 수가
줄어들어 멸종 위기에 있는 야생 동물을 보호하기 위함이지만,
독수리사냥꾼에게는 사망선고와도 같은 조치다. 여전히 독수리의
포획과 사냥이 이루어지고 있지만 대부분 허가받지 않은 불법
사냥이다. 그래도 이런 조치 덕분에 멸종 위기에 봉착한 주요 야생
동물의 개체 수가 좀 늘어났다.

독수리사냥꾼의 존재감과 자긍심은 이제 가느다랗게 명맥만
겨우 이어가고 있다. 사냥꾼은 손끝에서 타들어가는 담배를 한번
털어내면서 언젠가는 독수리사냥을 다시 시작하리라 다짐한다.

정비소 사냥꾼

호왓트는 아침부터 분주하다. 아침 일찍 고장 난 차를 수리해
달라는 의뢰가 들어왔기 때문이다. 그것 말고도, 본격적인 겨울을
앞둔 때라 집에서 사용할 난로를 주문하거나 수리하려는 사람들로
일이 많아졌다.

호왓트에게서는 사냥꾼의 면모가 느껴지지 않는다. 그는 사냥은
취미이기 때문이라고 한다. 자기를 마을에서 가장 바쁜 사람이라고
말하면서, 봄, 여름, 가을에는 일을 해서 열심히 돈을 벌고,
겨울에는 사냥에 오롯이 시간을 쏟는다고 한다.

실제로 다른 사냥꾼들과 달리 그는 여러 가지 많은 일을 하고 있다.
감자와 양파를 직접 재배하고, 정비소를 운영하고 있으며, 때로는
여행객들을 재워 주고 숙박비를 받기도 한다. 확실히 눈에 띄게
살림 형편이 좋아 보인다. 어찌 보면 요즘 같은 시대에 바람직한
형태의 독수리사냥꾼일지도 모르겠다.

용접할 때 쓰는 철골 구조물에 앉아 작업장 구석에 묶인 채 앉아
있는 독수리를 바라본다. 눈가리개를 하고 있다. 눈이 내리고
겨울이 본격적으로 시작되면 독수리는 사냥 나갈 생각에 눈빛이
날카로워진다.

며칠 동안 비와 눈이 쉬지 않고 내리더니 강물이 불어났다. 강은 흰 물감을 풀어놓은 듯 믿을 수 없을 정도로 하얗다. 햇살을 받아 하얗게 빛나는 강물은 마치 만년설이 녹지 않고 그대로 흐르는 듯하다. 이제야 '하얀 강'이라는 뜻의 이름을 실감한다.

불어난 강가에서 자리를 잡고 엉성한 낚싯대를 드리운다. 낚싯줄에서 가벼운 떨림을 느낀다. 조금씩 팽팽해지고 이리저리 휘젓더니, 물고기 한 마리가 튀어 오른다. 낚싯줄의 탄력과 긴장감이 고스란히 손에 전해진다.

호왓트는 마당 구석에 있는 우물에서 물을 한 통 길어 온다.
작은 대야에 물을 받아 잡아 온 생선들을 씻는다. 다시 깨끗한 물
한 대야를 떠 와서 본격적인 손질을 시작한다. 생선을 손질하는
그의 모습이 노련한 주방장 같다. 말없이 익숙하게 비늘을 벗기고
지느러미를 잘라 낸다. 배를 갈라 내장을 제거하고 물에 헹궈
낸다. 소금으로 간을 하고 생선을 삶는다. 직접 밭에서 재배한다는
양파와 감자, 당근을 함께 넣고 삶는데 양파가 흐물흐물해지도록
푹 삶는다. 한 마리씩 앞 접시에 덜어 먹는다. 잘 익은 생선은
애써 뼈를 발라낼 것도 없이 뼈가 통째로 스르륵 빠진다. 살점이
생각보다 탱글탱글하고 씹히는 맛이 좋다. 집 안은 생선 삶은
달콤한 냄새로 가득하다.

마부, 사냥꾼 되다

하짐이 독수리사냥꾼의 세계로 들어온 지도 벌써 몇 해가 지났다.
한 해에 사냥할 수 있는 시간은 많아야 서너 달이다.
그 기간에 최대한으로 성과를 거두어서 하짐의 세 식구가
한 해를 지낼 수 있는 돈을 만들어야 한다. 겨울 사냥은 가혹할
만큼 춥고 불규칙하다. 영하 삼십 도, 사십 도까지 내려가는 기온에
매서운 칼바람까지 분다. 시간이 얼마나 걸릴지 모르는 사냥은,
아직 노련하다 할 수 없는 사냥꾼을 지치게 한다. 충분한 휴식을
가질 만한 여유는 없다.

독수리사냥꾼이 되기 전에 하짐은 꽤 이름 있는 마부였다. 인근
지역에서 십 년 넘게 말을 관리하는 사람으로 일했다.
그가 관리한 경주마들 중에는 전국에서 또 지역에서 화려한 수상
경력을 자랑하는 말들도 있었다. 그러던 그가 몇 년 전에 퇴직한
뒤로 바양울기 아이막에 자리를 잡고 독수리사냥꾼 생활을
시작했다. 살 집을 구하는 일은 수월했다. 고향을 떠난 사람들이
남기고 간 빈집을 고쳐 살고 있다. 가족이 사는 본채는 특별히 정성
들여 고치고 보기 좋게 색을 칠했다. 그리고 빈 창고와 헛간을 고쳐
창고와 작은 대장간, 마구간으로 사용하고 있다.
세 식구가 살기에는 부족함 없는 집이다.

깃털 장사꾼

깃털 장사꾼이 마을을 찾아왔다. 약속 시간보다 조금 늦은
이른 오후다. 미리 소식을 들은 사냥꾼들이 이미 삼삼오오 모여
있다. 저마다 큼지막한 봉투를 하나씩 들고 있다. 봉투 안에 든
것은 깃털이다. 깃털 장사꾼이 지난번에 다녀간 뒤로 독수리가
털갈이하는 계절이 되어 자연스럽게 빠진 깃털들을 모아 둔 것이다.
누군가는 억지로 뽑아 온 것이라며 수군거린다. 정작 당사자는
그 말에 그리 마음을 쓰지 않는 듯하다. 돈을 벌 생각에 한껏 들뜬
표정일 뿐이다. 그러나 사실 그것은 아주 중요한 문제다. 억지로
깃털을 뽑다가는 독수리가 죽을 수도 있다. 깃털 장사꾼도 억지로
뽑은 깃털은 사지 않는다.

마을의 대표격인 한 사냥꾼의 집에 사냥꾼들이 모인다. 그동안
모아 두었던 독수리 깃털을 팔기 위해서다. 십여 년 전부터
일본의 한 사업가가 깃털을 독점적으로 매수해 오고 있다. 상태에
따라 깃털 한 장에 1달러에서 5달러까지도 받을 수 있는데,
독수리사냥으로 얻는 부수입 중 이만한 것도 없다.

한 사냥꾼은 깃털 값이 불만스러운 모양이다. 어차피 그동안
버리던 것을 이렇게 돈을 받고 팔 수 있게 되었는데, 너무 돈을
밝히는 것이 아닌가 싶다. 그러나 한편으로는 이해가 되기도 한다.
이왕 돈을 받고 판다면 더 많은 값을 받고 싶은 것이 인지상정일
테니 말이다. 아무리 독수리사냥에 대한 자부심이 큰 사냥꾼이라
해도 이런 부수입을 어찌 마다할까.

게르 옆에서 일본인 구매자와 그의 동행들이 깃털을 자동차
트렁크로 옮기고 다른 마을로 옮겨 갈 채비를 한다. 이 마을이
끝이 아니다. 아마 그는 마을마다 다니며 깃털을 사들일 것이다.
재미있는 사실은, 마을마다 깃털 거래 가격이 모두 다르며, 마을
사이에 깃털 값을 비밀에 부치고 있다는 점이다. 그래서 다른
마을의 절반도 안 되는 값에 깃털을 파는 마을도 있다.

늑대를 팔다

한 사냥꾼이 비탈진 언덕을 올라가 나무들 사이를 가로질러
숲으로 들어간다. 여러 번 와 본 적이 있는지 어지럽게 얽힌
숲 속을 익숙하게 나아간다. 그는 한참을 빠르게 걷더니 이내
천천히 주위를 두리번거리기 시작한다. 무언가를 찾는 모양이다.
조심스럽게 나무 둥치, 작은 바위굴 쪽을 살핀다. 그가 손짓하며
가리키는 곳, 그곳은 늑대굴이다. 그는 늑대를 잡기 위해 이곳에
온 것이다. 그는 덫을 더 챙겨 왔으면 좋았을 텐데, 하고 생각한다.
그는 전에 설치해 둔 덫 중에서 고장 난 것은 가져온 자루에
담는다. 설치해 둔 덫이 고장 나는 일은 종종 일어난다. 다른 야생
동물들이 건드려 고장 나기도 하고, 처음부터 덫이 부실한 경우도
있다. 그 사냥꾼은 한참 동안 산과 골짜기를 돌며 덫과 그물을
놓는다. 덫을 다 설치하고 나서, 잠시 산 아래 마을을 내려다본다.

독수리사냥꾼은 독수리로 늑대를 잡는 것이 원칙이다. 하지만
경제가 어려운 요즘은 겨울이 아닌 계절에 많은 돈을 받기 위해서
위험을 감수하기도 한다. 보통은 덫을 놓아 잡지만, 늑대굴을 찾아
새끼 늑대를 잡아 오기도 한다. 새끼 늑대를 잡으면 보통 집에서
겨울까지 길러서 판다.

그 사냥꾼은 이미 어미가 굴을 비우는 시간을 알고 있다. 그가
날카로운 눈빛으로 주변을 살피며 굴로 다가간다. 한시도 경계를
늦출 수 없다. 언제 어미가 돌아올지 모르기 때문이다. 사냥꾼이
손짓하자 새끼 늑대들이 고분고분하게 잡힌다. 그는 재빠르게 숲을
빠져나온다.

그는 지금도 키우고 있는 늑대가 있다. 당장이라도 사나운 이빨을
드러내며 달려들 것 같은, 다 큰 늑대가 두 마리나 있다. 산 아래
자신의 움막에 숨겨 두고 남들 모르게 키우고 있다. 외지인에게서
이미 부탁을 받고 겨울에 건네주기로 한 모양이다. 허가 없이
늑대를 포획하고 사육하는 것은 불법이지만, 그는 그다지 신경
쓰지 않는 눈치다. 오히려 당장이라도 한 마리 부탁하면 잡아다 줄
기세로 자기의 늑대 사냥을 자랑한다.

봄을 지나 겨울까지, 그렇게 한 해가 흘렀다. 새끼 늑대는 이제
웬만한 개보다 몸집이 커졌다. 위풍당당한 늑대가 되었다. 강가
작은 움막에서 묶여 지낸 나날이 아무리 지루하고 답답해도
새끼 늑대가 할 수 있는 건 아무것도 없었다. 사냥꾼이 넣어 주는
토끼 고기를 받아먹으며 고통스럽고 지루했던 일 년을 참아 왔을
것이다.

사냥꾼은 이제 늑대를 보내야 한다. 늑대의 최후는 뻔해 보인다.
해피엔딩은 아닐 것이다. 이리저리 여러 가지 경우의 수를 생각해
보아도 좋은 결말은 떠오르지 않는다. 그러나 그는 의뢰를 받은
일이니 더는 깊게 고민하지 않기로 한다.

하나뿐인 여자 사냥꾼

여행지에서 무언가를 배우고 경험하는 것은 즐거운 일이다.
그곳의 전통 악기 연주법을 배우는 일도 즐겁고, 다양한 현지
음식을 요리하고 맛보는 것도 아주 행복한 경험이다. 그중에서도
현지인들의 직업과 생활을 직접 경험하는 것만큼 흥미로운 일도
없을 것이다. 그러나 그것으로 생계를 도모한다면 이야기가
달라진다. 낯선 타지에서 현지인과 똑같이 일하면서 그것으로
생계를 잇는 일은 흥미로운 만큼 부담도 크다. 함부로 어설프게
덤벼들었다가는 주변에 민폐만 끼치고 끝날 수도 있다. 무엇보다,
돈을 치르고 경험해 보는 관광 체험 상품과 달라서, 치열함으로
임해야 하기 때문에 웬만한 사람은 쉽게 도전하지 못한다. 더구나
거친 독수리사냥이라면 더더욱 그렇다.

그런데 한 외국인 여행객이 독수리사냥에 도전했다. 그것도 남자가
아닌 여자가.

여자는 독수리사냥을 할 수 없다는 법은 없지만 사실상
독수리사냥은 금녀의 구역이나 다름없었다. 혹한의 겨울, 거친
자연 속에서 야생 동물과 부딪쳐야 하니 당연했다. 게다가 집을
떠나 몇 날 며칠씩, 때론 몇 주씩 얼어붙은 산과 눈 덮인 들에서
보내야 하는 일은 여자의 몸으로는 감당하기 힘든 것이 사실이다.
카자흐 족 사람들은 관습처럼 당연히 독수리사냥을 남자의 일로
받아들여 왔다. 자연히 이 일대에서 어느 누구도 그전까지는 여자
독수리사냥꾼은 생각도 할 수 없었다.

사냥꾼 코캉이 서랍에서 사진첩을 꺼낸다. 몇 권의 사진첩 중에서
로린의 사진이 있는 것을 펼쳐 보인다. 검은색 겨울외투 사이로
금빛 머리카락이 보인다. 파란 눈의 그 여자는 옆에 함께 선 늙은
사냥꾼보다 덩치가 더 좋다. 여자 독수리사냥꾼 로린은 미국인이다.
코캉이 사진을 하나하나 짚어 가며 지난 겨울의 이야기를
들려준다. 손짓을 섞어 가며 실감나게 이야기한다. 큰아들이
가지고 온 작은 사진첩에는 로린의 개인 사진들로 가득하다.
독수리사냥꾼으로서의 생활을 마감하고 미국으로 돌아간 뒤,
로린이 자신과 가족, 주변 사람들의 사진으로 앨범을 만들어
보내준 것이다.

로린은 강한 여자였다. 남자 사냥꾼도 힘들어하는 혹독한 겨울을 벌판에서 버텨 냈다. 생활도 사냥꾼들과 함께했다. 로린은 독수리사냥을 제대로 전수받고자 하는 의지가 강했다. 때로는 이곳의 남자 사냥꾼들보다 더 열정적이고 더 고집스럽기도 했다. 이삼 주일씩 걸리는 사냥에도 겁 없이 동참했고, 사냥감을 보면 끝까지 쫓아가 끈기 있게 사냥을 성공시키곤 했다. 여느 남자 사냥꾼에 뒤지지 않는 체력과 끈기로 웬만한 사냥꾼들보다 더 많은 동물을 포획하기도 했다. 로린의 사냥 솜씨는 정말 훌륭했다. 그의 뛰어난 사냥 실력은 함께하던 사냥꾼 사이에서뿐만 아니라 주변 지역의 사냥꾼들에게까지 소문이 날 정도였다. 로린이 여러 마리의 여우와 함께 처음으로 늑대를 잡은 날엔 그를 가르치고 보살폈던 코캥의 집에서 축제를 벌였다.

이십대의 여행자였던 로린은 그렇게 해서 유일무이한 여자 독수리사냥꾼이 되었다. 로린은 그해 겨울이 지나고 봄이 오자 미국으로 돌아갔다. 독수리와 독수리사냥 축제에 관해 연구하며 논문을 쓰고 있다고 한다. 다시 눈이 내리면 돌아오겠다는 약속은 지켜졌을까?

햇살은 이미 산을 넘어 붉은 기운만이 하늘과 대지에 가득하다. 한낮의 햇살보다 더 강렬한 붉은 기운. 노을이 닿지 않는 초원의 구석에서 말을 탄 사내 몇 명이 양과 염소 떼를 분주하게 몰고 온다. 코캥의 아들들이다. 코캥은 아들과 몇 마디 주고받더니 로린이 사용하던 독수리를 들고 돌아온다. 노을의 붉은 기운에 검게 그을린 사냥꾼의 얼굴이 한층 더 깊이 있어 보인다. 독수리를 가지고 온 김에 로린이 어떻게 사냥 연습을 하고 독수리를 길들였는지 보여 줄 참이다. 독수리를 창고 벽 위에 얹어 두고 십여 미터 떨어진 곳에서 독수리를 부른다. 사냥꾼의 신호 몇 마디에 독수리는 훌쩍 날아올라 그의 팔에 사뿐히 앉는다.

총 쏘는 사냥꾼

삭사이 솜에 사는 어릴은 커다란 엽총을 등에 메고 있다. 그는 독수리사냥을 완전히 포기하지 않았지만 총의 도움을 받고 있다.

어릴에게 총은 최후의 보루일 뿐이다. 야생 동물과 마주했을 때 일어날 수 있는 위험한 상황을 대비하기 위해서 지닐 따름이다. 독수리사냥꾼이라면 실제로 총을 사용할 기회가 거의 없지만, 야생의 세상이 그리 호락호락하지 않기에 준비 없이 나설 수는 없다. 때로는 사냥을 마무리하는 데 엽총이 요긴하게 사용되기도 한다. 늑대처럼 크고 사나운 동물을 잡을 때는 빠르게 제압하기 위해 독수리에게 잡히자마자 바로 총을 사용한다. 이처럼 혼자 제압하기 힘든 큰 야생 동물이나 멀리 있는 사냥감을 잡을 땐 주저하지 않고 총을 사용한다. 독수리가 사냥에 실패했을 때도 마찬가지다.

가장 현실적이고 요즘 시대에 걸맞은 사냥법이다. 빠르고 정확하게 사냥하고 야생 동물들로부터 안전하게 자기를 지킬 수 있으니 효율만 따지자면 최상의 방법이다. 사용하지 않더라도 총을 가지고 다니는 사냥꾼이 꾸준히 늘고 있다. 하지만 아직도 대부분의 사냥꾼은 이 안전하고 편한 방법을 거부하고 있다. 자연 친화적이라거나 금전적인 이유보다는, 전통에 대한 자부심과 사냥꾼으로서의 자존심 때문에 거부하는 것이다.

어럴은 눈표범도 보았다. 눈표범은 바위투성이 골짜기 안에서 날카로운 이를 드러낸 채 스라소니와 대치하고 있었다. 눈처럼 흰 털에 석탄만큼 짙은 털이 얼룩을 그린 모습이었다.

두 맹수가 뿜어내는 살기 가득한 분위기에 어럴은 잔뜩 긴장해 움츠러들었다. 그들 쪽으로 다가갈 수조차 없다. 작은 바위 뒤로 몸을 숨기고 두 맹수의 부드러운 겨울털이 흔들리는 것을 주시했다. 두 맹수를 향해 총을 겨누고 기다리다가 이윽고 방아쇠를 몇 차례 당겼다. 날카로운 총성이 울리고, 묵직하게 날아간 총알이 매끈한 겨울털을 관통하자, 살기등등하게 거대한 몸짓으로 서 있던 눈표범이 늘어지며 묵직하게 쓰러졌다. 희고 검은 풍성한 털 사이로 피가 새어 나왔다. 살기 가득한 눈 위와 불룩 나온 배, 두 곳에 정확히 명중했다.

어럴은 자기가 잡은 눈표범과 스라소니의 가죽을 자랑스럽게 꺼내 든다. 천장 기둥에 길게 늘어뜨리니 크기가 엄청난 것이 마치 살아 있는 눈표범을 마주한 듯 오싹하다.